KB097575

버킷 리스트

버킷 리스트

—

나태주 시집

열림원

일러두기

독자의 편의를 위해 책에 수록된 작품 중 제목이 같은 작품은
제목 뒤에 숫자를 붙여 구분하였습니다.

삶에 쫓겨 놓쳐 버린 청춘의 발자국과
당신의 첫 문장을
다시 찾을 수 있을지 모른다.

버킷 리스트

내가 세상에 나와
해 보지 못한 일은
스키 타기, 요트 운전하기, 우주선 타기,
바둑 두기, 그리고 자동차 운전하기
(그런 건 별로 해 보고 싶지 않고)

내가 세상에 와서
가장 많이 해 본 일은
책 읽기와 글쓰기, 사람들 앞에서 말하기,
컴퓨터 자판 두드리기, 자전거 타기,
연필 그림 그리기, 마누라 앞에서 주정하기,
그리고 실연당하기
(이런 일들은 이제 그만해도 좋을 듯하고)

내가 세상에 나와

꼭 해 보고 싶은 일은

사막에서 천막을 치고 일주일 정도 지내면서 잠을 자기,

전영애 교수 번역본『말테의 수기』끝까지 읽기,

너한테 사랑한다는 말을 듣기.

(그런 일들을 끝까지 나는 이룰 수 있을는지……)

차례

버킷 리스트 1
내가 세상에 나와
해 보지 못한 일

버킷 리스트 2
내가 세상에 와서
가장 많이 해 본 일

버킷 리스트 3
내가 세상에 나와
꼭 해 보고 싶은 일

버킷 리스트 1
내가 세상에 나와 해 보지 못한 일

퇴원

살아줘서 고맙습니다.

아침 안부

오늘도
안녕!

너의
맑은 영혼의 호수에

내가
구름 그림자 되지 않기를!
꺼졌던 전깃불 다시
살아나듯이.

좋은 눈물

눈물도 가지가지

슬퍼서 눈물
아파서 눈물
억울하고 분해서 눈물
기뻐서 눈물

모든 눈물 가운데 가장
좋은 눈물은
누군가 불쌍해서 흘리는 눈물
감격의 눈물.

하늘 창문

하늘 창문 열고
여기 좀 보아요

거기는 잘 있나요?
여기는 아직이에요

더는 아프지 않기예요.

책

첫 문장 쓰기가 어렵다
아니, 첫마디 말 하나
단어 하나 쓰기가 어렵다

무어라 쓸까?
생각 끝에 '인생'이라고 써본다
그런 다음 '기억',
그리고 '나'라고 써본다

그렇구나!
책은 내 인생의 기억을
쓰는 것이었구나.

하늘 쾌청

골목길
골목길을 돌아가는데
나비 한 마리 날아간다

올해 들어 두 번째 만나는 나비

내 마음도 나비 날개를 따라
훨훨 하늘 높이 날아오른다
아, 세상은 아직도 아주 망하지 않았구나

하늘 쾌청, 가슴을 쓸어내린다.

다행한 일

그래 알았어요 알았어
너를 가슴에 안고 잘게
정말로 네가 옆에 있으면
잠을 제대로 자지 못하겠지만
네 생각 네 사랑
네 모습만 내 마음 거울에 남았으니
얼마든지 너를 안고
밤새도록 잘 수 있단다
그래서 또 다행한 일이야.

만나고픈 아이

햇빛 그리운 날
만나고픈 사람 있고
그늘 아쉬운 날
만나고픈 사람 있다

하지만 너는 언제나
만나고픈 아이

햇빛 그리운 날은
햇빛이 되어주고
그늘 아쉬운 날은
그늘이 되어주니까.

버킷 리스트 1 — 지금이라도

너에게 사랑 받고 싶다
아니다
지금이라도 너를
사랑하고 싶다.

버킷 리스트 2 —5분만

그래, 오래 오래
그래, 많이 많이
신록이 저렇게 숨 가쁘게
푸르러 오는데

빈 공원 벤치 위에서

봄밤 1

그래
네
생각만 할게.

막동리 소묘 172

내가 너를 얼마나 좋아하는지 너는 몰라도 된다
너를 좋아하는 마음은 오로지 나의 것이요,
나의 그리움은 나 혼자만의 것으로도 차고 넘치니까⋯⋯
나는 이제 너 없이도 너를 좋아할 수 있다.

홍시

이보
시악시,
백사기 대접에
잘람잘람 잘 익은
가을 하늘을 담아 드리리이까
떠오르는 보름달을
그대 가슴에
심으리
이까.

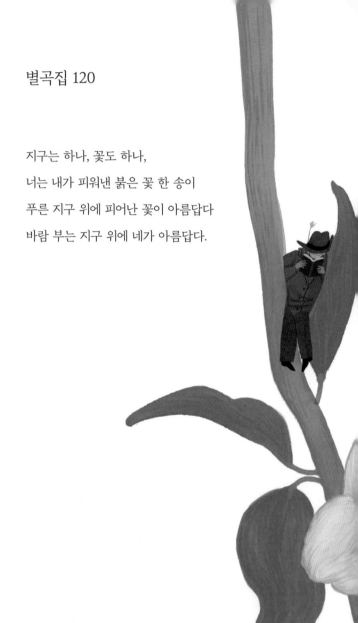

별곡집 120

지구는 하나, 꽃도 하나,
너는 내가 피워낸 붉은 꽃 한 송이
푸른 지구 위에 피어난 꽃이 아름답다
바람 부는 지구 위에 네가 아름답다.

딸아이

너를 안으면 풀꽃 냄새가 난다
세상에 오직 하나 있는 꽃,
아무도 이름 지어 주지 않는 꽃,
네게서는 나만 아는 풀꽃 냄새가 난다.

아름다움

놓일 곳에 놓인 그릇은 아름답다
뿌리 내릴 곳에 뿌리 내린 나무는 아름답다
꽃필 때를 알아 피운 꽃은 아름답다
쓰일 곳에 쓰인 인간의 말 또한 아름답다.

3월에 오는 눈

눈이라도 3월에 오는 눈은
오면서 물이 되는 눈이다
어린 가지에
어린 뿌리에
눈물이 되어 젖는 눈이다
이제 늬들 차례야
잘 자라거라 잘 자라거라
물이 되며 속삭이는 눈이다.

아름다운 사람

아름다운 사람
눈을 둘 곳이 없다
바라볼 수도 없고
그렇다고 아니 바라볼 수도 없고
그저 눈이
부시기만 한 사람.

편지 1

하루의 좋은 시간을
다른 곳에 다 써 먹고
창문에 어둠 깃들어서야
그댈 생각해낸다
그댈 생각하고
그대에게 편지를 쓴다
너무 섭섭히 생각 마시압.

여자

여자라는 나무를
가슴 안에 숨겨서
키우는 날부터
남자는
몸이 야위어 간다
어떤 여자를
만나느냐에 따라
남자는 세상에서 다시 한번
태어나는 목숨이 된다.

안개

흐려진 얼굴
잊혀진 생각
그러나 가슴 아프다.

어느 날

아무 것도 할 일 없는 날처럼
나를 겁나게 하는 일은 없다.

제비꽃 1

그대 떠난 자리에
나 혼자 남아
쓸쓸한 날
제비꽃이 피었습니다
다른 날보다 더 예쁘게
피었습니다.

제비꽃 2

아직도 나를 기다려
고개 숙인 철부지 소녀.

다시 제비꽃

너를 알고 난 다음부터
눈이 작은 여자가 좋았다
키 작은 여자도 좋았다
보기만 해도 가슴이 철렁했다

짧은 봄이 오래도록 떠나지 않았다.

아이

못생겨서 귀여운 아이
눈이 너무 작구나.

수족관의 물고기

죽지 못해 사는 목숨입니다
죽기 위해 사는 목숨입니다
죽고 싶어도 죽어지지 않는 목숨입니다.

달맞이꽃

어찌하여 아침인데

노랑등불 들고 나오셨나요.

하늘

제비 제비 제비
아 하늘 높이
구름 속으로 솟는데.

노래 1

배 고픈 시절 부르던 노래여
그대 보고픈 날 불던 휘파람소리여.

팬지꽃

팬지꽃 속에서 나온 한 계집아이가
노오란 무용복 차림으로
춤을 추고 있다
음악도 없이 무대도 없이
볕바른 창가에.

시 1

마당을 쓸었습니다
지구 한 모퉁이가 깨끗해졌습니다

꽃 한 송이 피었습니다
지구 한 모퉁이가 아름다워졌습니다

마음속에 시 하나 싹텄습니다
지구 한 모퉁이가 밝아졌습니다

나는 지금 그대를 사랑합니다
지구 한 모퉁이가 더욱 깨끗해지고
아름다워졌습니다.

훔쳐보는 얼굴이 더 아름답다

눈을 껌벅거리며
바라봅니다, 그대
두근거려지는 마음
그대에게 들키면 어쩌나
거울 속에 비쳐진 그대 모습
훔쳐봅니다.

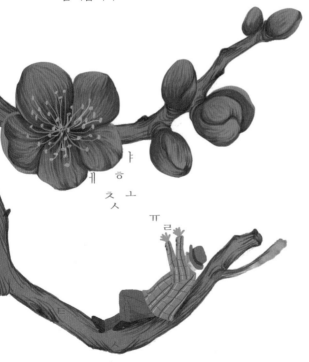

책

좋은 책을 많이 읽은 날은
밥을 먹지 않아도 배가 부르다.

가로등

밤안개는 몸에 해롭대요
치마 벗고 밤거리에 나선
누군가의 아낙.

고향 1

바람이 다르다
내 코만이 아는 아, 풀비린내.

결혼

외로운 별 하나

또한
외로운 별 하나와 만났다

세상에 빛나는 별이
두 채

언제나 춥고 쓸쓸한 여자,
사내 옆에 서서 오늘은
따뜻해 보인다.

지구

지구는 하나의 꽃병

꽃 한 송이 꽂으면
밝아 오고

물 한 모금 뿌려 주면
더욱 밝아 오지만

꽃 한 송이 시들면
금방 어두워진다

지구는 하나의
조그만 꽃병.

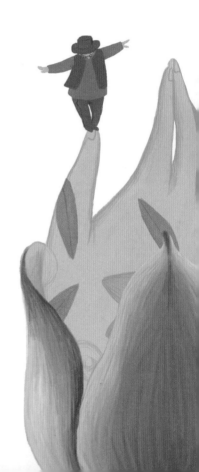

기쁨

난초 화분의 휘어진
이파리 하나가
허공에 몸을 기댄다

허공도 따라서 휘어지면서
난초 이파리를 살그머니
보듬어 안는다

그들 사이에 사람인 내가 모르는
잔잔한 기쁨의
강물이 흐른다.

시인 1

제 상처를 핥으며 핥으며
살아가는 사람
한 번이 아니라
연거푸 여러 번
연거푸 여러 번이 아니라
생애를 두고
제 상처를 아끼며 아끼며
죽어 가는 사람, 시인.

시인학교

남의 외로움 사 줄 생각은 하지 않고
제 외로움만 사 달라 조른다
모두가 외로움의 보따리 장수.

일요일

그네가 흔들린다
바람이 앉아서
놀다 갔나 보다

꽃들이 웃고 있다
바람이 간지럼
먹이다 갔나 보다

자고 있는 아기도
웃고 있다
좋은 꿈 꾸고 있나 보다.

생일

꼼지락꼼지락

삼월만 되면
세상에 나갈 준비로
나는 몸이 아프다

육십 년 가까이 그 모양이다.

실연

꿩이
울었다

고향의
산마루에

오월
넥타이.

너도

울고 싶으냐?

소낙비
맞고
너도

주먹봉숭아.

시 2

부질없는 시

허무하고
허무하기에

다시금
쓰는.

풀꽃 1

자세히 보아야
예쁘다

오래 보아야
사랑스럽다

너도 그렇다.

풀꽃 2

이름을 알고 나면 이웃이 되고
색깔을 알고 나면 친구가 되고
모양까지 알고 나면 연인이 된다
아, 이것은 비밀.

풀꽃 3

기죽지 말고 살아봐
꽃 피워 봐
참 좋아.

능소화

누가 봐주거나 말거나
커다란 입술 벌리고 피었다가,
뚝

떨어지고 마는 어여쁜
눈부신 하늘의
육체를 본다

그것도 비 내리시는 이른 아침

마디마디 또다시 일어서는
어리디 어린 슬픔의
누이들을 본다, 얼핏.

노랑

딸아이를 생각하며 꽃을 샀다

지금은 먼 곳에 있어
꽃을 받을 수 없는 그 아이

우리는 비탈길을 걸으면서
다리가 후들거렸지

딸아이 방에 꽃을 꽂아 본다

빈방이 화들짝
잠에서 깨어난다

봄이다, 프리지아.

봄맞이꽃

봄이 와
다만 그저 봄이 와
파르르 떨고 있는
뽀오얀 봄맞이꽃
살아 있어 좋으냐?
그래, 나도 좋다.

시인 2

마음이 아파서 여러 번
글씨 쓰는 손이 떨렸습니다.

대화

우리 딸아이보다 더 예쁜
여자아이를 이적지 본 적이 없어요
그건 나도 그래요

어느 날 딸아이 어렸을 적
사진 꺼내 놓고 아내와 내가
구시렁구시렁.

시인 3

평생 헛소리만 하다 간 사람
평생 큰소리만 치다 간 사람
또 군소리만 하고 있는 사람
한 소리 또 하고 있는 사람
더러는 남의 소리만 되받아 지껄이고 있는 사람
그럼 나는 거짓말만 하다 가는 사람?

봄

새들이 보고 있어요
우리 둘이 어깨 비비고
걸어가는 것
꽃들이 웃고 있어요
우리 둘이 눈으로 말하고
이야기하고 있는 것.

봄밤 2

혼자서도 노래하고 싶은 밤입니다

누군가의 길고 긴 이야기
실연당한 이야기라도
듣고 또 듣고 싶은 밤입니다

당신, 없는 밤입니다

어디선 듯 문득 새로 돋는
달래 내음 애기 쑥 내음이라도 조금
번질 것 같지 않습니까?

기도 1

한 가지 말씀만
한 가지 소원만

하나님이 알아들으실 때까지
하나님의 들어주실 때까지

어린아이가 울면서
엄마한테 떼를 쓰듯이.

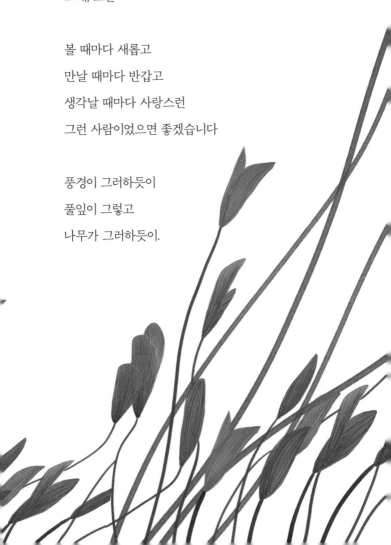

섬에서

그대, 오늘

볼 때마다 새롭고
만날 때마다 반갑고
생각날 때마다 사랑스런
그런 사람이었으면 좋겠습니다

풍경이 그러하듯이
풀잎이 그렇고
나무가 그러하듯이.

서양 붓꽃

거짓말인 줄 알면서도
눈물 납니다

꽃이 진다고 세상이
달라질 것도 없는데

가슴이 미어집니다.

별

제비꽃같이
꽃다지같이

작고도 못생긴
아이

왜 거기
있는 거냐?

왜 거기 울먹울먹
그러고 있는 거냐?

쾌청

참 맑은 하늘
그리고 파랑

멀리 너의 드높은
까투리 웃음소리라도
들릴 듯…….

꿈

네가 보이지 않아
불안해졌다

엉엉 소리 내어
울었다

눈을 떠 보니
볼 위에 눈물이 남아 있었다.

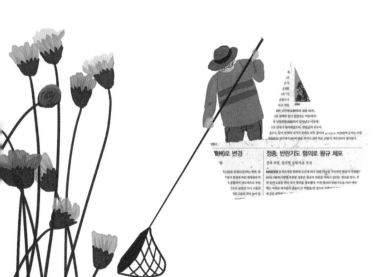

제비꽃 3

눈이 작은 아이 하나
울고 있네
흐린 하늘 아래

귀가 작은 아이 하나
웃고 있네
해가 떴다고.

핸드폰 시 1 —일요일

너 어디쯤 갔느냐?
어디만큼 가
바람을 보았느냐?
꽃을 만났느냐?
꽃 속에 바람 속에
웃고 있는 나
보지 못했더냐?

핸드폰 시 2 —구름

구름 높은 구름

좋다 내 마음도 높이 떴다

구름 하얀 구름

좋다 내 마음도 하얗다

거기 너도 있다

좋다 너도 웃는 얼굴이다.

핸드폰 시 3 —문자메시지

문자 메시지 보내 놓고
기다리고 기다리고 또
기다려도 오지 않는
밤·············· 길다.

못난이 인형

못나서 오히려 귀엽구나
작은 눈 찌푸러진 얼굴

애게게 금방이라도 울음보
터뜨릴 것 같네

그래도 사랑한다 애야
너를 사랑한다.

퐁당

어제는 너를 보고 조약돌이라고 말하고
오늘은 너를 보고 호수라고 말했다
어제 조약돌이라고 말한 너를 집어 들어
오늘 호수라고 말한 너를 향해 던져 본다
이래도 말을 하지 않을 테냐, 퐁당!

좋다

좋아요
좋다고 하니까 나도 좋다.

한 사람 건너

한 사람 건너 한 사람
다시 한 사람 건너 또 한 사람

애기 보듯 너를 본다

찡그린 이마
앙다문 입술
무슨 마음 불편한 일이라도
있는 것이냐?

꽃을 보듯 너를 본다.

나도 모르겠다

네가 웃으면
나도 따라서 웃고
네가 찡그린 얼굴이면
나도 찡그린 얼굴이 된다
네가 어두운 표정을 지으면
더럭 겁이 난다
어디 아픈 것이나 아닐까?
속상한 일이 있는 건 아닐까?

어쩌다 이리 되었는지
나도 모르겠다.

너한테 지고

어제도 너한테 지고
그제도 너한테 졌다
내 마음속엔 네가 많은데
네 마음속엔 내가 없나봐
어때? 오늘 한 번
져 줄 수는 없겠니?

웃기만 한다

하나님은 나를 사랑하시고

하나님이 사랑하시는 나는
너를 사랑한다

내가 사랑하는 너는
누구를 사랑하느냐?

너는 웃기만 한다.

보석

가질 수 없지만 갖고 싶다

주얼리 가게에 진열된
나비 모양의 귀걸이

저 귀걸이 하고 다닐
어여쁜 아이

팔랑팔랑 또 하나
나비되어 다닐 아이

옆에 없는 네가 더 예쁘다.

꽃 1

아무렇게나 저절로
피는 꽃은 없다

누군가의 억울함과 슬픔과
기도가 쌓여 피는 꽃

그렇다면 산도 바다도
강물도

하늘과 땅의 억울함과 슬픔과
기도로 피어나는 꽃일 것이다.

오는 봄

나쁜 소식은 벼락 치듯 오고
좋은 소식은 될수록 더디게
굼뜨게 온다

몸부림치듯, 몸부림치듯
해마다 오는 봄이 그러하다
내게 오는 네가 그렇다.

초라한 고백

내가 가진 것을 주었을 때
사람들은 좋아한다

여러 개 가운데 하나를
주었을 때보다
하나 가운데 하나를 주었을 때
더욱 좋아한다

오늘 내가 너에게 주는 마음은
그 하나 가운데 오직 하나
부디 아무 데나 함부로
버리지는 말아다오.

꽃 2

다시 한 번만 사랑하고
다시 한 번만 죄를 짓고
다시 한 번만 용서를 받자
그래서 봄이다.

꽃 3

예쁘다는 말을
가볍게 삼켰다

안쓰럽다는 말을
꿀꺽 삼켰다

사랑한다는 말을
어렵게 삼켰다

섭섭하다, 안타깝다,
답답하다는 말을 또 여러 번
목구멍으로 넘겼다

그리고서 그는 스스로 꽃이 되기로 작정했다.

그리움 1

더는 참을 수 없다
이제는 먹을 갈아야지.

이 봄날에

봄날에, 이 봄날에
살아만 있다면
다시 한 번 실연을 당하고
밤을 새워
머리를 벽에 쥐어박으며
운다 해도 나쁘지 않겠다.

인사

별일 없었나요?
예, 나도 별 일 없었어요
어쩌다 나누는
인사가 정겹다

좋아 보이네요
예, 그쪽도 좋아보이네요
어쩌다 던지는
한마디가 고맙다.

제비꽃 사랑

감춰놓고 기르는
딸아이 보듯

너를 본다

봄은 왔느냐?
또다시 통곡처럼
봄은 오고야 말았느냐?

어미 잃은
딸아이 보듯

숨어서 너를 본다.

큰 일

조그만 너의 얼굴
너의 모습이
점점 자라서
지구만큼 커질 때 있다

가느다란 너의 웃음
너의 목소리가
점점 커져서
지구를 가득 채울 때 있다

이거야말로 큰일,
사랑이 찾아온 것이다.

새사람

그럼요
날마다 새날이고
봄마다 새봄이구요
사람마다 새사람

그 중에서도 당신은
새봄에 새로 그리운
사람 중에서도 첫 번째
새사람입니다.

새해 아침

언제나 좋은 벗

당신의 향기가
나를 살립니다.

시집

나의 시집은 오직 한 권
꿈속에 두고 왔다

날마다 나의 시 쓰기는
그 시집을 기억해내는 일

한 편씩 어렵게
베끼는 작업이다.

봄밤

쉬이 잠들지 못하리

꽃이 피어 바위에서도
향내가 날 것 같은 밤

누군가 날 생각하는가

유리창 가 별빛 하나
오래 머뭇거리다 간다.

꽃들아 안녕

꽃들에게 인사할 때
꽃들아 안녕!

전체 꽃들에게
한꺼번에 인사를
해서는 안 된다

꽃송이 하나하나에게
눈을 맞추며
꽃들아 안녕! 안녕!

그렇게 인사함이
백번 옳다.

혼자서

무리지어 피어 있는 꽃보다
두 셋이서 피어 있는 꽃이
도란도란 더 의초로울 때 있다

두 셋이서 피어 있는 꽃보다
오직 혼자서 피어있는 꽃이
더 당당하고 아름다울 때 있다

너 오늘 혼자 외롭게
꽃으로 서 있음을 너무
힘들어 하지 말아라.

그래도 1

나는 네가 웃을 때가 좋다
나는 네가 말을 할 때가 좋다
나는 네가 말을 하지 않을 때도 좋다
뾰로통한 네 얼굴, 무덤덤한 표정
때로는 매정한 말씨
그래도 좋다.

부끄러움

앞으로 내민 손을
잡을 수 없어요

얼굴 마주하기
부끄러워 그렇고요
남이 볼까 그렇지요

그 대신 등 뒤로 내미는 손
잡아 드릴 게요

그것이 제 믿음이고
제 마음의 표현이에요.

핑계

못생겨서 예뻤다
못생겨서 사랑스러웠다
못생겨서 끝끝내
잊혀지지 못했다.

서로가 꽃

우리는 서로가
꽃이고 기도다

나 없을 때 너
보고 싶었지?
생각 많이 났지?

나 아플 때 너
걱정됐지?
기도하고 싶었지?

그건 나도 그래
우리는 서로가
기도이고 꽃이다.

어여쁨

무얼 그리 빤히 바라보고
그러세요!

이쪽에서 보고 있다는 걸
안다는 말이다

제가 예쁘다는 걸
제가 먼저 알았다는 말이다.

하늘 아이

너 누구냐?
꽃이에요

너 누구냐?
나, 꽃이에요

너 정말 누구냐?
나, 꽃이라니까요!

꽃하고 물으며 대답하며
하루해가 짧다.

시 3

만나기는 한나절이었지만
잊기에는 평생도 모자랐다.

어린 봄

어린 봄은 나뭇가지 위에
새 울음 속에

더 어린 봄은
내 마음 위에

오늘도 나는 너를 바라보며
이렇게 울먹이고만 있다.

새해

아무리 나이를 먹어도
너는 어린 것
다만 안쓰럽고 가여운 아이

그런 마음을 위해
어린 장미는 피어나고
아버지도 있고 딸도 있을 것임

문득 세상이 새롭게 밝아온다.

근황

요새
네 마음속에 살고 있는
나는 어떠니?

내 마음속에 들어와
살고 있는 너는 여전히
예쁘고 귀엽단다.

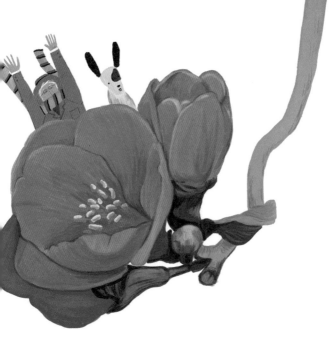

화엄

꽃장엄이란 말
가슴이 벅찹니다

꽃송이 하나하나가
세상이요 우주라지요

아, 아, 아,
그만 가슴이 열려

나도 한 송이 꽃으로 팡!
터지고 싶습니다.

인생 1

애야, 너는 머리가
좋은 아이가 아냐

노력을 하니까
그만큼이나 하는 거야

어려서 외할머니
그 말씀이 나의 길이 되었다.

어린아이

예쁘구나
쳐다봤더니
빙긋 웃는다

귀엽구나
생각했더니
꾸벅 인사한다

하나님 보여주시는
그 나라가
따로 없다.

좋은 꽃

나빠지면 얼마나 더
나빠지겠나
고개를 들었을 때
꽃이 되었고

좋아지면 얼마나 더
좋아지겠나
고개를 숙였을 때에도
꽃이 되었다

더 좋은 꽃이 되었다.

봄이니까

조금쯤 흔들려도 괜찮겠지
(봄이니까)

조금쯤 슬퍼해도 괜찮겠지
(봄이니까)

눈부신 햇빛 아래
썰렁한 바람 속에

날리는 명주실 비단 머플러
(여전히 너는 너니까).

산수유

아프지만 다시 봄

그래도 시작하는 거야
다시 먼 길 떠나보는 거야

어떠한 경우에도 나는
네 편이란다.

오늘의 꽃

웃어도 예쁘고
웃지 않아도 예쁘고
눈을 감아도 예쁘다

오늘은 네가 꽃이다.

꽃필 날

내게도
꽃필 날 있을까?
그렇게 묻지 마라

언제든
꽃은 핀다

문제는
가슴의 뜨거움이고
그리움, 기다림이다.

봄비

사랑이 찾아올 때는
엎드려 울고

사랑이 떠나갈 때는
선 채로 울자

그리하여 너도 씨앗이 되고
나도 씨앗이 되자

끝내는 우리가 울울창창
서로의 그늘이 되자.

동백 1

봄이 오기도 전에
꽃이 피었다
너를 생각하는
나의 마음
눈 속에서도 붉은 심장을
내다 걸었다.

나의 시에게

한때 나를 살렸던
누군가의 시들처럼

나의 시여, 지금
다른 사람에게로 가서

그 사람도
살려주기를 바란다.

좋아요

좋아요
나도 좋아요

좋아요
꽃펴요

나도
꽃펴요.

시 4

세상에 보내는
러브레터

처음엔
한 사람을 위해 썼지만

이제는
많은 사람을 위해서 쓰는.

시인 4

세상 사람들
힘들고 고달픈 마음
쓰다듬어주는
감정의 서비스 맨
2019.11.3.

가볍게

모르는 것도 가볍게
처음 해 보는 일도 가볍게
낯선 사람하고도 가볍게
낯선 곳을 찾을 때도 가볍게
익숙한 일은 더욱 가볍게
그렇게만 살 수 있다면
얼마나 좋았을까?

소원

길게 될수록 길게
드리는 말씀

짧게 될수록 짧게
한 말씀 하신다

그래,
네 맘대로 하거라.

기도 2

다만
공손히 고개 숙인 이마

다만
곱게 내려 감은 눈썹

다만
아멘으로 답하는 입술

예쁘다
다만 예쁘다.

꽃잎 1

수줍어 다문
입술

많은 말을
감춘 입술

그러므로 더 많은
말을 하는 입술

떨림 하나로 오직
분부심 하나로.

딸

아직도 나는 세상에서
너보다 더 예쁜 꽃을
본 일이 없단다.

저녁 시간

만남이 너무 짧고
꿈만 같아서
그냥 멍하니
앉아있단다

그래도 너는 나에게
봄을 허락하는 아이

그 봄으로 하여
오늘 다시 내가
꽃을 피우기도 했단다.

버킷 리스트 2
내가 세상에 와서 가장 많이 해 본 일

인생의 일

처음, 올 때도 싫고
나중, 갈 때도 싫은
방문객
문학관 방문객

처음에는
낯설어서 싫고
나중에는
그사이 정이 들어서

그 또한 인생의 일 아닌가.

그대 거기

그대 거기 계신 것만으로도 기뻐
그대 거기서 꽃이 아니고 별이 아니어도
그대 세상에 숨 쉬고 있음만으로도 기뻐

가끔은 나를 생각해주겠지
가끔은 하늘 우러러
눈물 글썽이기도 하겠지

그대 나와 함께 세상에
있음만으로도 감사해.

멈춰야 산다

초록도 지치면 감옥이다

눈에 보이는 것은

모두가 초록

산도 들도 개울도 초록

골짜기며 마을까지도

우북이 초록이 자라

앞을 가린 어둠, 아니면 절벽

아무리 좋은 노래도 끝까지 좋을 순 없고

아무리 뜨거운 사랑도

끝까지 지치지 않을 순 없는 일

멈추어라 멈춰라

멈춰서 네 발밑을 살피고

숨결을 살펴야 산다

그래야 네가 살고 나도 산다.

어느 날

너는 누구와 얘기할 때도 그렇게
눈을 빤히 열고 들여다보아주니?
그럼요

네 눈은 하늘로 열린 창문
바다로 흐르는 강물
내 몸 전체가 내 마음 전체가
네 눈 속으로 빠져들어갈 것만 같아서

겁이 났단다
부끄럽기도 했단다.

서풍

서쪽에서 바람 불어와
동쪽으로 마음을 눕히다
너의 향기 한 줌
번졌는가 싶어서.

어법

사랑합니다

네,

사양하지 않겠어요

그것은 아름다운 예절.

코미디

웃어서 행복한가
행복해서 웃는가
함께 답일 수 있지만
오히려 웃어서
행복한 게 아닐까
그래서 인생이 코미디이고
인생에 코미디는
필요할 것이다.

구름

옷

고름

푸는 그대

가는 손길같이,

손톱 끝에 떨리는

그대 작은 가슴의 낮달같이,

흐르다 흐르다가

지쳐버린 거,

황진이黃眞伊

하얀

넋.

금학동 귀로

개구리 운다
청개구리 운다
집이 가까워졌나 보다

바람이 분다
시원한 바람이 분다
오늘도 늦었나 보다

물소리 들린다
맑은 물소리 들린다
집 식구들 기다리겠다.

안개가 짙은들

안개가 짙은들 산까지 지울 수야
어둠이 깊은들 오는 아침까지 막을 수야
안개와 어둠 속을 꿰뚫는 물소리, 새소리,
비바람 설친들 피는 꽃까지 막을 수야.

앉은뱅이꽃

발밑에 가여운 것
밟지 마라,
그 꽃 밟으면 귀양간단다
그 꽃 밟으면 죄받는단다.

쓸쓸한 여름

챙이 넓은 여름 모자 하나
사 주고 싶었는데
그것도 빛깔이 새하얀 걸로 하나
사 주고 싶었는데
올해도 오동꽃은 피었다 지고
개구리 울음소리 땅속으로 다 자지러들고
그대 만나지도 못한 채
또다시 여름은 와서
나만 혼자서 집을 지키고 있소
집을 지키며 앓고 있소.

154

답장

편지 쓰는 것은 꼭
답장을 받기 위해
쓰는 것만은 아닙니다
어쩌면
편지 쓰는 것 자체로써
보답을 받은 것인지
모릅니다.

편지 2

기다리면 오지 않고
기다림이 지쳤거나
기다리지 않을 때
불쑥 찾아온다
그래도 반가운 손님.

시 5

잡으려면 도망치고
그냥 두면 따라온다
차라리 성가신 아이.

한세상

술 취한 듯 한세상
비틀거리며 살아
미친 듯 또 한세상
중얼거리며 살아.

장마

하늘이여 하늘이여 하늘이시여
억수로 비 쏟아져 땅을 휩쓸던 날.

버리며

그 전에 내가
그대에게 버림받으며
가슴 아팠었는데
오늘은 내가 그대를
버리면서 또다시
가슴이 아픕니다
그 전에 그대가 나를
버리면서도 나처럼
가슴이 아팠었는지요…….

선물

받는 것은 될수록 줄여서 받고
주는 것은 될수록 늘려서 주리
그대 내게 주시는 것
비록 작더라도
큰 상으로 알고 받겠으니
내가 주는 것 비록 크더라도
작은 벌로 바꾸어 받으시라.

통화

자면서도 나는
그대에게 전화를
걸고 있습니다

그대 생각만으로 살았다고
내일도 그대 생각 가득할 것이라고

자면서도 나는
그대로부터 전화를
받고 있습니다.

희망

그대 만나러 갈 땐
그대 만날 희망으로
숨쉬고

그대 만나고 돌아올 땐
그대 다시 만날 날을 기다리는
희망으로 또한 나는
숨쉽니다.

오후 1

사과 썩는 냄새가
향기로운
가을날 오후
맑은 햇살 얼비치는
창가에 앉아서
그대에게 편지를 쓰면서
그대의 몸내음이 어쩌면
사과 썩는 냄새와 비슷했고
그대 눈빛이
가을 햇빛처럼
맑지 않았던가
짐작해 보았습니다.

그리움 2

햇빛이 너무 좋아
혼자 왔다 혼자
돌아갑니다.

잠들기 전 기도

하느님
오늘도 하루
잘 살고 죽습니다
내일 아침 잊지 말고
깨워 주십시오.

삶

하나를 얻으면
하나를 잃는다
어느 것을 잡고
어느 것을 놓을 것인가?
오늘도 그것은 나에게
풀기 힘든 문제.

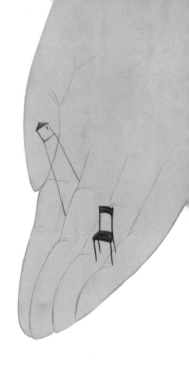

철길

뽀오옥,

기차를 타고 서울에 가고 싶다

서울 가는

기차를 타면 아직도

그 아이들 만날 수 있을까?

검은 단발머리 귀가 새하얗게 눈부신

우리는 만났다, 힘겹게

우리는 헤어졌다, 역시 힘겹게.

그리움 3

때로 내 눈에서도
소금물이 나온다
아마도 내 눈 속에는
바다가 한 채씩 살고 있나 보오.

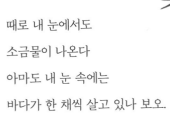

하오의 한 시간

바람을 안고 올랐다가
해를 안고 돌아오는 길

검정염소가
아무보고나
알은 체 운다

같이 가요
우리 같이 가요

지는 햇빛이
눈에 부시다.

눈부신 세상

멀리서 보면 때로 세상은
조그맣고 사랑스럽다
따뜻하기까지 하다
나는 손을 들어
세상의 머리를 쓰다듬어 준다
자다가 깨어난 아이처럼
세상은 배시시 눈을 뜨고
나를 향해 웃음 지어 보인다

세상도 눈이 부신가 보다.

단풍

숲 속이 다, 환해졌다
죽어 가는 목숨들이
밝혀놓은 등불
멀어지는 소리들의 뒤통수
내 마음도 많이, 성글어졌다
빛이여 들어와
조금만 놀다 가시라
바람이여 잠시 살랑살랑
머물다 가시라.

가을 감

꽃 등
밝혔네

잎
버리고
비로소

가을
어머니.

썰물

멀리

간

사람

오래 오지 않는다

뻘밭의

털게.

안부

오래
보고 싶었다

오래
만나지 못했다

잘 있노라니
그것만 고마웠다.

서울, 하이에나

결코 사냥하지 않는다

먹다 남긴 고기를 훔치고
썩은 고기도 마다하지 않는다
어찌 고기를 훔치는 발톱이
고독을 안다 하겠는가?
썩은 고기를 찢는 이빨이
슬픔을 어찌 안다고 말하겠는가?

딸아, 사냥하기 싫거든
차라리 서울서
굶다가 죽어라.

오늘도 그대는 멀리 있다

전화 걸면 날마다
어디 있냐고 무엇하냐고
누구와 있냐고 또 별일 없냐고
밥은 거르지 않았는지 잠은 설치지 않았는지
묻고 또 묻는다

하기는 아침에 일어나
햇빛이 부신 걸로 보아
밤사이 별일 없긴 없었는가 보다

오늘도 그대는 멀리 있다

이제 지구 전체가 그대 몸이고 맘이다.

전화선을 타고

전화선을 타고
쌀 씻는 소리
설거지하는 달그락 소리

아, 오늘도 잘 사셨군요

전화선을 타고
텔레비전 소리
나직하게 들리는 음악소리

아, 오늘도 잘 쉬고 계시는군요

고맙습니다.

산책 1

여보, 여보, 여보
또 봄이야

여름이 왔나 싶더니
이제는 또 가을이야

여보, 여보, 여보
이걸 어쩜 좋아?

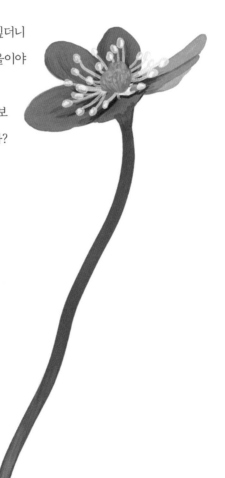

능금나무 아래

한 남자가 한 여자의 손을 잡았다
한 젊은 우주가 또 한 젊은
우주의 손을 잡은 것이다

한 여자가 한 남자의 어깨에 몸을 기댔다
한 젊은 우주가 또 한 젊은
우주의 어깨에 몸을 기댄 것이다

그것은 푸르른 5월 한낮
능금꽃 꽃등을 밝힌
능금나무 아래서였다.

꽃이 되어 새가 되어

지고 가기 힘겨운 슬픔 있거든
꽃들에게 맡기고

부리기도 버거운 아픔 있거든
새들에게 맡긴다

날마다 하루해는 사람들을 비껴서
강물 되어 저만큼 멀어지지만

들판 가득 꽃들은 피어서 붉고
하늘가로 스치는 새들도 본다.

접시

안쓰럽구나

혼자 옷 벗은 여자

그래도 예뻐.

꽃 피는 전화

살아서 숨 쉬는 사람인
것만으로도 좋아요
그럼, 그럼요
그냥 거기 계신 것만으로도 참 좋아요
그럼, 그럼요
오늘은 전화를 다 주셨군요
배꽃 필 때 배꽃 보러
멀리 한번 길 떠나겠습니다.

연애

날마다 잠에서
깨어나자마자 당신 생각을
마음 속 말을 당신과 함께
첫 번째 기도를 또 당신을 위해

그런 형벌의 시절도 있었다.

여행 1

가방을 들고
차를 타고 가면서
집으로 돌아가고 싶어 하는 내가 있고

집에 돌아와
가방을 정리하면서
떠나온 곳으로 돌아가고 싶어 하는 내가 있다

어떤 것이 진짜 나인가?

개양귀비

생각은 언제나 빠르고
각성은 언제나 느려

그렇게 하루나 이틀
가슴에 핏물이 고여

흔들리는 마음 자주
너에게 들키고

너에게로 향하는 눈빛 자주
사람들한테도 들킨다.

선물가게

줄 사람도 만만치 않으면서
예쁜 물건만 보면 자꾸만
사고 싶어지는 마음.

가을밤

너 없이 나 어찌 살꼬?

나무에서 나뭇잎
밤을 새워 내려앉는데

나 없이 너 어찌 살꼬?

밤을 새워 별들은
더욱 멀리 빛이 나는데.

첫사랑

깜깜한 밤이었던가,
창밖에서 맨발로 울고 있는
누군가가 있었다

안쓰러운 생각에
들어오라 창문을 열고
안으로 들어오라 했지만 끝내
들어오지 않았다

다만 하얀 손을 조금
보여 줄 뿐이었다.

섬

너와 나
손잡고 눈 감고 왔던 길

이미 내 옆에 네가 없으니
어찌할까?

돌아가는 길 몰라 여기
나 혼자 울고만 있네.

혼자 있는 날

아침에도 너를 생각하고
저녁에도 너를 생각하고
한낮에도 너를 생각한다

보이는 것마다 너의 모습
들리는 것마다 너의 목소리

너, 지금
어디 있느냐?

떠난 자리

나 떠난 자리
너 혼자 남아
오래 울고 있을 것만 같아
나 쉽게 떠나지 못한다, 여기

너 떠난 자리
나 혼자 남아
오래 울고 있을 것 생각하여
너도 울먹이고 있는 거냐? 거기.

눈 위에 쓴다

눈 위에 쓴다
사랑한다 너를
그래서 나 쉽게
지구라는 아름다운 별
떠나지 못한다.

비밀일기 1

하나님 딱 한 번만 눈감아 주십시오

햇빛 밝은 세상에 숨 쉬고 있는 동안
이 조그만 여자 하나
가슴에 품고 살아가는 죄 하나만
용서하십시오

키가 작은 여자
눈이 작은 여자
꿈조차 작은 여자

잠시만 이 여자 사랑하다 감을 용서하소서.

비밀일기 2

나는 흰 구름에 관심이 많은 사람이라고
말을 했다

너는 자동차나 집에 더 관심이 많은 사람이라고
말을 받았다

그러면 사는 일이 고달플 텐데……
그래도 제 분수껏 잘 살아요

활짝 웃으며 대답하는 너의 얼굴이
더욱 예뻐 보였다.

지상천국

기필코 이 세상에서
천국을 보리라!
골똘히 생각하고 있을 때
네가 내 앞에 와서
웃어 주었다

그러나 그것이 끝내
또 다른 지옥인 줄을
나는 미처 알지 못한다.

다짐 두는 말

언제고 오늘처럼 살 수는 없는 일
언젠가는 헤어질 날도 생각해두어야 할 일
헤어진 뒤 아픔이나 슬픔도
이겨낼 수 있어야만 한다
그날에도 네가 마음의 빛이 되고
길이 된다면 얼마나 좋을까?
스스로에게 물어본다.

나무

너의 허락도 없이
너에게 너무 많은 마음을
주어버리고
너에게 너무 많은 마음을
뺏겨 버리고
그 마음 거두어들이지 못하고
바람 부는 들판 끝에 서서
나는 오늘도 이렇게 슬퍼하고 있다
나무되어 울고 있다.

약속 1

달빛이 있는 곳까지만 함께 가자
손가락 걸었다
풀벌레소리 있는 곳까지
개울물소리 나는 곳까지만 함께 가자
손가락 걸었다
끝내 마음이 있는 곳까지만
함께 가자
오늘 바로 그랬다.

화살기도

아직도 남아있는 아름다운 일들을
이루게 하여 주소서
아직도 만나야할 좋은 사람들을
만나게 하여 주소서
아멘이라고 말할 때
네 얼굴이 떠올랐다
퍼뜩 놀라 그만 나는
눈을 뜨고 말았다.

눈사람

밤을 새워 누군가 기다리셨군요
기다리다가 기다리다가 그만
새하얀 사람이 되고 말았군요
안쓰러운 마음으로 장갑을 벗고
손을 내밀었을 때
당신에겐 손도 없고
팔도 없었습니다.

사는 법

그리운 날은 그림을 그리고
쓸쓸한 날은 음악을 들었다

그리고도 남는 날은
너를 생각해야만 했다.

황홀

시시각각 물이 말라 좁아붙는 웅덩이를
본 일이 있을 것이다
오직 웅덩이를 천국으로 알고 살아가던
송사리 몇 마리
파닥파닥 튀어 오르다가 뒤채다가
끝내는 잠잠해지는 몸짓
송사리 엷은 비늘에 어리어 파랗게
무지개를 세우던 햇빛, 그 황홀.

꽃잎 2

천사들이 신었던
신발이 흩어져 있네

미끄럼틀 아래
그네 아래 그리고
꽃나무 아래

무슨 급한 일이 있어
천사들은 신발을 벗어둔 채
하늘나라로 돌아간 것일까?

동백 2

짧게 피었다 지기에
꽃이다

잠시 머물다 가기에
사랑이다

눈보라 먼지바람 속
피를 삼킨 통곡이여.

그리움 4

가지 말라는데 가고 싶은 길이 있다
만나지 말자면서 만나고 싶은 사람이 있다
하지 말라면 더욱 해 보고 싶은 일이 있다

그것이 인생이고 그리움
바로 너다.

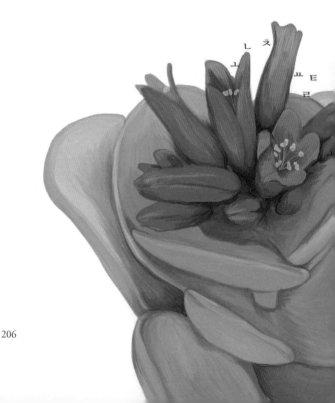

생명

누군가 죽어서
밥이다

더 많이 죽어서
반찬이다

잘 살아야겠다.

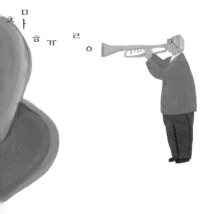

산책 2

백합꽃 향기 너무 진하여 저녁때
대문이 절로 열렸네.

좋은 날

하고 싶은 일을 하니 좋고
하고 싶지 않은 일을 하지 않으니
더욱 좋다.

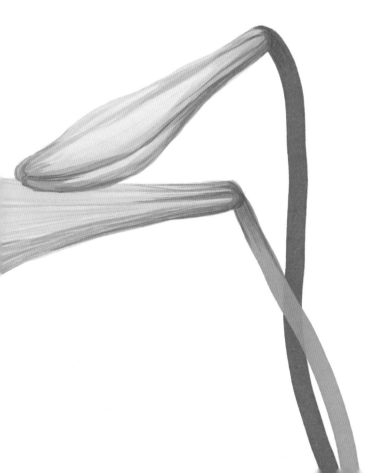

감사

이만큼이라도 남겨주셨으니
얼마나 좋은가!

지금이라도 다시 시작할 수 있으니
얼마나 더 좋은가!

행복 1

저녁 때
돌아갈 집이 있다는 것

힘들 때
마음속으로 생각할 사람 있다는 것

외로울 때
혼자서 부를 노래 있다는 것.

여행 2

떠나온 곳으로 다시는
돌아갈 수 없다는 걸 알기까지는
많은 시간이 필요했다.

그런 사람으로

그 사람 하나가
세상의 전부일 때 있었습니다

그 사람 하나로 세상이 가득하고
세상이 따뜻하고

그 사람 하나로
세상이 빛나던 때 있었습니다

그 사람 하나로 비바람 거센 날도
겁나지 않던 때 있었습니다

나도 때로 그에게 그런 사람으로
기억되고 싶습니다.

11월

돌아가기엔 이미 너무 많이 와버렸고
버리기에는 차마 아까운 시간입니다

어디선가 서리 맞은 어린 장미 한 송이
피를 문 입술로 이쪽을 보고 있을 것만 같습니다

낮이 조금 더 짧아졌습니다
더욱 그대를 사랑해야 하겠습니다.

풍경

이 그림에서

당신을 빼낸다면

그것이 내 최악의 인생입니다.

사랑에 답함

예쁘지 않은 것을 예쁘게
보아주는 것이 사랑이다

좋지 않은 것을 좋게
생각해주는 것이 사랑이다

싫은 것도 잘 참아주면서
처음만 그런 것이 아니라

나중까지 아주 나중까지
그렇게 하는 것이 사랑이다.

아들에게

네가 나를 포기할 수 없듯이
나도 너를 포기할 수 없다.

오후 2

구름의 잔에
음악을 풀어 넣는다

비어 있는 인생이
문득 향기롭다.

태안 가는 길

오래 보고 싶겠다
오래 생각 서성이고
오래 목소리 떠오르고
오래 코끝에 향기 맴돌겠다
다시 만날 때까지
끝내 만나지 못할 때까지.

어린 사랑

어느 날
그 애에게 물었다

아직도 내가 너한테
필요한 사람이니?

말없이 그 애는
고개를 끄덕였다

두 눈 가득
눈물이 고여 있었다.

후회

이담에 이담에 나는 너에게
사랑한다는 말을 너무 여러 번 한 것을
후회할 것이고

너는 한 번도 나에게
사랑한다는 말을 하지 않은 것을
후회할지도 모른다.

끝끝내

너의 얼굴 바라봄이 반가움이다
너의 목소리 들음이 고마움이다
너의 눈빛 스침이 끝내 기쁨이다

끝끝내

너의 숨소리 듣고 네 옆에
내가 있음이 그냥 행복이다
이 세상 네가 살아있음이
나의 살아 있음이고 존재 이유다.

우리들의 푸른 지구 1

내가 너를 생각하는 동안만
지구는 건강하게 푸르다

내가 너를 사랑하는 동안만
우주는 편안하게 미소 짓는다

오늘 비록 멀리 있어도 우리는
결코 멀리 있는 것이 아니다

푸르고 건강한 지구
그 숨결 안에서 우리들 또한 푸르다.

우리들의 푸른 지구 2

사랑한다는 말 대신에 하는 말
우리 오래 만나자

사랑하겠다는 말 대신에 하는 대답
우리 함께 오래 있어요

날마다 푸른 지구
내일 더욱 푸른 지구

오늘은 네가 나에게 지구이고
내가 너에게 지구이다.

우리들의 푸른 지구 3

너의 목소리 출렁
하늘바다에 물결을 일으키고

너의 웃음 고웁게
지구의 마음에 무늬를 만들고

너의 기도 두 손을 모아서
우주의 심장에 붉은 등불을 밝힌다.

의자

결코 아름답지 않은 세상
너 한 사람으로 하여
아름다웠다

저만큼 나 다녀오는 동안 너
그 자리 지켜서 좀
기다려줄 수 있겠니?

둘이 꽃

너의 기도 속에 내가 있음을
내가 모르지 않듯이
나의 기도 속에 네가 살고 있음을
너도 또한 모르지 않을 것이다

그래서 우리는 둘이 꽃이다.

별들도 아는 일

너의 생각 가슴에 품고
너를 사랑하는 한
결코 나는 지구를 비울 수 없다

그것은 나무들이 알고
별들도 아는 일이다.

그냥

어떻게 살았어?
그냥요

어떻게 살 거야?
그냥요

그냥 살기도
그냥 되는 것만은 아니다.

동행

어머니는 언제 죽나?
내가 죽을 때 죽지.

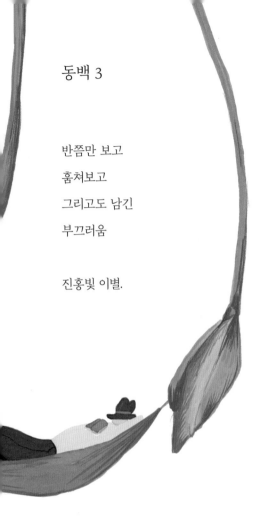

동백 3

반쯤만 보고
훔쳐보고
그리고도 남긴
부끄러움

진홍빛 이별.

앵초꽃

바라보기만 해도
가슴이 아프고

생각만 해도
눈물 맺혔다

도대체 너는
어디에 숨었다가

이제야 내 앞에
나타난 것이냐……

안아보기도 서러운
내 아기 내 아씨.

첫눈 같은

멀리서 머뭇거리기만 한다
기다려도 쉽게 오지 않는다
와서는 잠시 있다가 또
훌쩍 떠난다
가슴에 남는 것은 오로지
서늘한 후회 한 조각!

그래도 나는 네가 좋다.

기도의 자리

눈물 나리
하늘의 별 하나 밤을 새워
나를 보고 반짝인다
생각해봐

눈물 나리
어딘가 나 한 사람 위해
누군가 울고 있다
생각해봐

처음부터 기도는
거기에 있었다.

미루나무

바람 부는 날에도
흔들리지 않음은
마음속에 네가 들어와
살기 때문

아니지

바람 불지 않는 날에도
혼자 몸 흔들며 울고 있는
키 큰 미루나무 한 그루
키우고 있기 때문.

피안

강 건너 저편 언덕
꽃이 새로 피어나는지

꽃나무 아래 누군가
이쪽을 생각하는지

또다시 구름이 술렁이네
바람에 향기가 묻어오네

그 실은 한 번도
만난 적 없는 당신.

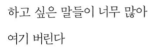

사막 1

하고 싶은 말들이 너무 많아
여기 버린다

토막말 하나하나 부서져
모래가 된다

가슴속 말들이 조금 더
줄었기를 바란다.

사막 2

처음엔 들판을 뛰어다니던 것들
아침이슬 속에 빛나는 웃음이었던 것들
더구나 인간의 안쓰러운 사랑이었던 것들

모두가 무너져 평등하게 누워 있다
그럼,
그럼,
그럼,
고개 끄덕이고 있다.

겨울 장미

너를 사랑하고 나서
누구를 다시 더 사랑한다
그러겠느냐

조금은 과하게 사랑함을
나무라지 말아라
피하지 말아다오

하나밖에 없는 것이
정말로 사랑이라
그러지 않았더냐.

비파나무

왜 여기 서 있느냐
묻지 마세요
왜 잎이 푸르고
꽃을 피웠느냐
따지지 마세요

당신이 오기 기다려
여기 서 있고
당신 생각하느라
꽃을 피웠을 뿐이에요.

사진

아직도 너는
내 마음의 주인이야

쉽게는 내 마음을
떠나지 마.

재회 1

더 예뻐졌구나
반가움에

강물을 하나 네 앞에
엎을 뻔 했지 뭐냐.

재회 2

이게 얼마만이냐
한번 안아보자
머리도 쓸어보자

손이 많이 작아졌구나
무슨 일 있었던 거냐?
어떻게 살았더냐!

마주 대는 볼에
흐르는 눈물
그렇게 그렇게도
보고 싶었던 거냐!

연인

잡은 손 놓지 말아요
마주친 눈 비끼지 말아요

그냥 있어요
그냥 거기 있어요

꽃들이 피어나고
새들이 노래해요

우리도 피어나요
우리도 웃어요.

떠나는 너

잘 가요 내 사랑
잘 살아요 내 사랑
이곳의 일
너무 많이 생각 말고
잊으면서 살아요
버리면서 살아요.

호수

문을 열자 거기에
네가 있었다

꽃을 들고 있지는 않았지만
네가 꽃이었고
바람이 불지 않았지만
네가 바람이었다

출렁! 나는 그만
호수가 되고 말았다.

늦여름

네가 예뻐서
지구가 예쁘다

네가 예뻐서
세상이 다 예쁘다

벗은 발 예쁜 발가락
그리고 눈썹

네가 예뻐서
나까지도 예쁘다.

아리잠직

못생긴 것이
못생긴 것이
이쁘지도 않은 것이

오래도록 마음을 붙잡고
놓아주지 않는다

마음속 깊숙이 들어와
제가 아주 주인노릇을
하려고 한다.

변명 1

귀가 작은 여자아이가 보고 싶다
눈이 작은 여자아이가 보고 싶다
코가 작은 여자아이가 보고 싶다
그러나 입술이 조금 크고
붉은 여자아이를 보고 싶다

실상 이것은
네가 보고 싶다는 말이다.

변명 2

너
나 보고 싶지 않았니?

이것은 내가 너를
보고 싶었단 말이고

너
그동안 아프지 않았니?

이것은 내가 조금
아프기도 했다는 말이다.

포옹

그대 오늘
머리칼 내음

내일
또 내일도

잊지
않겠습니다.

연정

바람도 없는데
나무숲이 몸을 흔드네

그 위로 파랑 하늘
흰 구름이 웃고 있네

아마도 내가 누군가를
사랑하고 있나보다.

귀국

한국 인천 영종도 국제공항

머리칼 검고
키 작고
코 작은 여자들 많이 보니
안심이 된다

코카콜라 마시지 않아도
가슴이 다 시원해진다.

여행길

떨치고
떠날 수 있음에 감사

무사히
돌아올 수 있음에 더욱 감사

조금만 더 보자
낯선 땅의 산과 들과 꽃들

조금만 더 듣자
낯선 땅의 물소리와 새소리.

시집 값

시집 한 권 값은 만 원

어떤 시집은 시집 값이 너무 무겁고
어떤 시집은 너무 가볍다

내 시집은 과연 무거운 시집이었을까?
아니면 가벼운 시집이었을까?

그래도 2

사랑했다
좋았다
헤어졌다
그래도 고마웠다

네가 나를 버리는 바람에
내가 나를 더
사랑할 수 있었다.

여행자에게

풍경이 너무 맘에 들어도
풍경이 되려고 하지는 말아라

풍경이 되는 순간
그리움을 잃고 사랑을 잃고
그대 자신마저도 잃을 것이다

다만 멀리서 지금처럼
그리워하기만 하라.

가을 여행 1

멀리멀리 갔지 뭐냐
그곳에서 꽃을
여러 송이나 만났지 뭐냐
맑은 샘물도 보았지 뭐냐

그렇다면 말이다
혼자서 먼 길 외롭게
힘들게 찾아간 것도 그다지
나쁜 일은 아니지 않느냐.

가을 편지

사랑한다는말을
끝까지아끼면서
사랑한다는말을
하기는어려웠다.

가을 여행 2

존다
졸면서 간다

졸면서
기차 타고 간다

아니다 눈 감고
기도하면서 간다

어딘가 낯선 땅
너를 만나러 간다.

사랑 1

오늘 나는 많이
네 목소리가
듣고 싶었다

들릴 듯
들리지 않을 듯

지구 혼자
돌아가는 소리가
문득 궁금해졌다.

약속 2

내일
그 애를 다시 만나기로 했다

얼른 보고 싶어
조바심

오늘이 내일이었음
좋겠다.

눈사진

예쁘게 눈썹 내리감고
잠든 모습

카메라로는 도저히 안 되어
눈으로 사진 찍는다

마음에 돌판이라도 있다면
거기에 네 모습 비칠까?

울면서 울면서 네 모습
가슴에 영혼에 아프게 새긴다.

바람이 부오

바람이 부오

이제 나뭇잎은
아무렇게나 떨어져
땅에 딩구오

나뭇잎을 밟으면
바스락 소리가 나오

그대 내 마음을 밟아도
바스락 소리가 날는지…….

가을 정원

폐가, 무너진
망해버린 왕국

지난 여름
우리의 사랑은 얼마나
치열했던가!

버려진 문장
잊혀진 언약.

만남

고마웠습니다
처음인데도
오래인 듯

우리의 만남은
모두가 최초이면서
최후의 것이랍니다.

찻집

창밖에는
통곡처럼
내리는 눈

창 안엔
차 한잔 마시고
떠날 여자

눈이 우는 것이냐
내가 우는 것이냐.

이별 1

있네
있네
아직도 있네
웃는 얼굴

없네
없네
금방 없네
우는 얼굴.

수선화여

예쁘기는 하지만
왠지 안쓰러워라

지금 그 아이는
셀카, 중독 중.

호수 속으로

조는 듯 흐린 불빛 아래
마주 앉아 말했다
여전히 네가 예쁘구나
못 믿겠다는 듯
크게 뜨는 너의 눈은
그대로 커다란 호수
나는 조그만 배가 되어
네 호수 속으로 들어가
끝내 돌아오고 싶지 않았다.

사랑 2

둘이 눈을 마주 보고 있었다
네 눈에 눈물이 고였다
점점 너의 얼굴이 흐리게 보였다

왜일까?
실은 내 눈에 더 많은 눈물이
고여 있음을 내가 몰랐던 거다.

태풍 다음날

태풍 지나간 뒤 가을 햇빛
고추장 단지 위에 빛나고

단지 옆 봉숭아 통통
물이 오른 허벅지 위에 빛나고

멀리 안 보이는 곳
네 마음에도 빛나기를!

더욱이 네가 가는 타박타박
발걸음 그 아래 빛나주기를!

종이컵

종이컵으로 커피를 마시면
슬퍼진다

손바닥이 너무
뜨거워서

아니다
네가 너무 멀리 있어서.

버킷 리스트 3
내가 세상에 나와 꼭 해 보고 싶은 일

화분 식물

잘 자라지 않는다
쉽게 시든다

거름 부족이거나
햇빛 부족이 아니라
물 과잉이 원인이다

오늘날 우리들 삶이 그렇다.

문득

밖에 누구 왔소?
창문 열면 아무도 없고

다만 바람 소리
나뭇잎 소리

가을이 문득
나 보고 싶어

잠시 와서
서성이다 갔나 보다.

시의 끝

어디까지나
시의 끝은 독자

그것도 어린 독자

나아가 내일의
어린 독자.

80세 앞

이제부터는 긴 터널을 지나야 한다

고통의 터널
적막의 터널
불만의 터널
회한의 터널

내가 나의 육신을 포기할 때까지.

연말 인사

인생에서 마침표는 곤란해
느낌표나 물음표도 불편해
쉼표나 말줄임표 정도가 좋아
그렇게 하지 않아도
언젠가는 마침표가
찍히는 게 인생이니까.

처음으로

늘 수고하고
고마운 당신
오늘도 여전히
고맙고 감사해

이것이 우리들
마지막 날이 되고
마지막 인사가
될지라도.

눈감는 시간

아들아
소리 내어 울지 마라
울 힘이 있거든
그 힘으로 용서해라
그리고 너 자신 편안해져라
그것이 비로소 평화이고
사랑이고
인생의 완성이란다.

거꾸로 사계

편안한 겨울
가득한 가을
고달픈 여름
초라한 봄날.

늙은 기도

오늘도
나를 위해 살게 하시고
그 삶이 넘쳐
다른 사람을 위해서도
살게 하소서.

약속 3

노랑이 만선滿船된 은행나무 뒤에 숨어
너는 기다리고 있었다.
자꾸만 그쪽으로 가고파 하는 나를
너는 가만히 웃고 있었다.
은빛 날개 파닥이는 바다를 등에 진 채
……
그러나 너는 끝내 거기 없었다.

내장산 단풍

내일이면 헤어질 사람과
와서 보시오,

내일이면 잊혀질 사람과
함께 보시오,

왼 산이 통째로 살아서
가쁜 숨 몰아쉬는 모습을.

다 못 타는 이 여자의
슬픔을…….

새야

남들이 보는 데서 추는 춤은
춤이 아니다
남들이 듣는 데서 부르는 노래는
노래가 아니다
새야,
노래하고 숨는 새야,
남들이 아는 걸 꾸는 꿈은
꿈이 아니다.

겨울나무

빈손으로 하늘의 무게를
받들고 싶다

빈몸으로 하늘의 마음을
배우고 싶다

벗은 다리 벗은 허리로
얼음밭에서 울고 싶다.

주제넘게도

주제넘게도, 남은 청춘을 생각해 본다
주제넘게도, 남은 사랑을 생각해 본다
촛불은 심지까지 타버리고 나서야 촛불이고
사랑은 단 한 번뿐이라야 사랑이라던데…….

노을 1

보아주는 이 없어서
더욱 아리따운 아낙이여.

식물성

네가 꽃으로 피어날 때
나도 꽃으로 피어나고
네가 신록으로 타오를 때
나도 신록으로 타오르고
네가 마른 잎으로 시들 때
나도 마른 잎으로 시든다.

초등학교 선생님

아이들 몽당연필이나
깎아 주면서
아이들 철없는 인사나 받아 가면서
한 세상 억울한 생각도 없이
살다 갈 수만 있다면
시골 아이들 손톱이나 깎아 주면서
때 묻고 흙 묻은 발이나
씻어 주면서 그렇게
살다 갈 수만 있다면.

흰 구름

예전엔 내가 그를 우러러 보았는데
지금은 그가 나를 굽어보고 있다
슬픈 눈.

사랑 3

빛과 함께
소리와 함께 온다
향기와 함께
웃음과 함께 온다
그러나 눈물을
남기며 사라진다
바다가 되지도 못하면서
가슴속엔 몇 알갱이
소금을 남기며
사라진다.

망발

술을 마시면 울었다
꽃을 보면 울었다
여자를 보면 울었다
그것도 남의 술을 마시고
남의 꽃을 보고
남의 여자를 보면 울었다
그러면서 그는
아름답게 살고 싶다고 말했다
이 무슨 망발?

아내 1

호박꽃 얼굴 병든 풀대궁
내가 지켜야 할 무너진 왕국.

안경

으째 나도 좀
의젓해 보이지 않습니까.

자조

당신을 보고
웃는 것같이 보일지 모르지만
실상은 내가 나를 보고
웃고 있는 거라오.

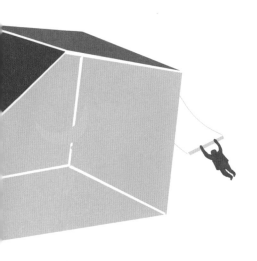

내 글씨

언제나 한 줄기
흘러가는 시냇물이길
꿈꾸었다
그러나 시냇물이 되기도 전에
증발하거나 땅속으로
스며들고 싶었다.

귀향길

자랑스럽게 살지 못한 나날
아는 사람 만날까 두렵다.

병

언제든 몸의 한 부분은 아프기 마련
몸이 아플 때 몸의 소중함을 아느니
병은 좋으신 친구.

이 가을에

아직도 너를
사랑해서 슬프다.

바람에게 묻는다

바람에게 묻는다
지금 그곳에는 여전히
꽃이 피었던가 달이 떴던가

바람에게 듣는다
내 그리운 사람 못 잊을 사람
아직도 나를 기다려
그곳에서 서성이고 있던가

내게 불러줬던 노래
아직도 혼자 부르며
울고 있던가.

한밤중에

한밤중에
까닭없이
잠이 깨었다

우연히 방안의
화분에 눈길이 갔다

바짝 말라 있는 화분

어, 너였구나
네가 목이 말라 나를
깨웠구나.

딸이 날더러

동자스님은 동자스님인데
절간에서 쫓겨 나와
길바닥에 주저앉아 있는
절로 돌아가는 길을 잃어버리고
산이나 건너다보고 있는
그런 동자스님이라 그런다

딸이 날더러 그런다.

무인도

바다에 가서 며칠
섬을 보고 왔더니
아내가 섬이 되어 있었다
섬 가운데서도
무인도가 되어 있었다.

고향 2

잎
진
감나무
가지에 달랑 남은
까치밥
하
나.

삼거리

돌아가거라

순결했던 시절로

저녁 새소리.

노래

친구
보내고

매미 다시 울었다

내생來生의
노래.

작별

꽃을 꺾듯이
잡은 채 떨리는 손
떨리는 술잔.

외로움

귀를 후빈다

잠에서 깨어
혼자

밤중에
혼자.

평화

어느새 이렇게 늙은 사내 되어 나
유리창 가에 혼자 앉아서
푸성귀 다듬는 아내를 바라보고 있다
그도 역시 늙은 아낙
봄날도 이른 봄날
하루 가운데서도 저녁 무렵 한때.

당신

이 세상 무엇 하러 살았나?

최후의 친구 한 사람
만나기 위해서 살았지

바로 당신.

인생 2

인생은 실수다

그 실수 만회하기 위해
어둠을 헤쳐
지금은 돌아가고 있는 중

조금만 더 기다려 달라.

집

얼마나 떠나기 싫었던가!
얼마나 돌아오고 싶었던가!

낡은 옷과 낡은
신발이 기다리는 곳

여기,
바로 여기.

아내 2

이 지푸라기 머리칼을
언제 또 쓰다듬어 주나?

짧은 속눈썹의 이 여자 고요한 눈을
언제 또 들여다보나?

작아서 귀여운 코
조금쯤 위로 들려 올라간 입술

이 지푸라기 머리칼을 가진 여자를
어디 가서 다시 만나나?

부부 1

겨우 겨우 두 마리 짐승이 되다

마주 누워 머리칼을 쓰다듬어주기도 하고
거꾸로 누워 맨발바닥을 주물러 주기도 하고
잠을 잘 때도 마주 잡은 손 쉬이 놓지 못한다

겨우겨우 짐승이 사람보다 윗질인 것을
알게 되다.

완성

집에 밥이 있어도 나는
아내 없으면 밥을 먹지 않는 사람

내가 데려다 주지 않으면 아내는
서울 딸네 집에도 가지 못하는 사람

우리는 이렇게 함께 살면서
반편이 인간으로 완성되고 말았다.

꽃그늘

아이한테 물었다

이담에 나 죽으면
찾아와 울어 줄 거지?

대답 대신 아이는
눈물 고인 두 눈을 보여 주었다.

날마다 기도

간구의 첫 번째 사람은 너이고
참회의 첫 번째 이름 또한 너이다.

한 소망

어디서 많이 들어 본 말을 빌려
소망한다
저가 나에게 필요한
사람이기보다는
내가 저에게 필요한
사람이게 하소서
이 세상 끝 날까지
기린과 너구리와 뱁새와
생쥐와 함께.

밥

집에 있을 때 밥을 많이 먹지 않는 사람도
집을 나서기만 하면 밥을 많이 먹는 버릇이 있다
어쩌면 외로움이, 무사히 집으로
돌아가고 싶은 욕망이 밥을
많이 먹게 하는지도 모르는 일

밥은 또 하나의 집이다.

묘비명

많이 보고 싶겠지만
조금만 참자.

부부 2

한 사람은 죽고 한 사람은 별이 되고
한 사람은 죽고 한 사람은 꽃이 되고
한 사람은 죽고 한 사람은 돌이 되지만
두 사람 모두 살아 돌이 되기도 한다.

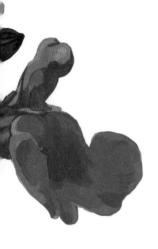

슬픔

밤 깊은 시각
버릇처럼
늙은 괘종시계
태엽을 감는다

너도 오래 살았구나
더 오래 살거라.

이별 2

지구라는 별
오늘이라는 하루
두 번 다시 만나지 못할
정다운 사람인 너

네 앞에 있는 나는 지금
울고 있는 거냐?
웃고 있는 거냐?

늙은 시인 1

애벌레라도 그냥 애벌레가 아닌
몸에 주름이 많은 애벌레
더러는 슬픔 같은 얼룩을
오래 동안 끌어안고 스스로
부화하지 않는 애벌레.

늙은 시인 2

아이들은 아이들을 보고
젊은이들은 젊은이들을 보는데
자꾸만 노인들이 나를
흘낏거린다

그렇지만 나는 아이들을 보고
젊은이들을 본다.

어버이날

고마워요
그냥 엄마가 내 엄마인 것이
고마워요

고맙구나
그냥 네가 내 아들인 것이
고맙구나.

맑은 날

오늘 날이 맑아서
네가 올 줄 알았다
어려서 외갓집에 찾아가면
외할머니 오두막집 문 열고
나오시면서 하시던 말씀

오늘은 멀리서 찾아온
젊고도 어여쁜 너에게
되풀이 그 말을 들려준다
오늘 날이 맑아서
네가 올 줄 알았다.

오늘

지금 여기
행복이 있고

어제 거기
추억이 있고

멀리 저기에
그리움 있다

알아서 살자.

블루 실 아이스크림

울컥울컥 녹는 인생이 마냥
서럽고도 안타까워 눈물겨웠다

너와의 만남 또한
한여름 날의 눈사람

순간순간 아쉽고도 서러워 그것은
찬란하도록 눈물겨운 것이었다.

청사과

아이인가 하면
어른이고
어른인가 하면
아이다

눈길이 멈추지 않는다
마음이 떠나지 않는다
생각이 시들지 않는다

그래, 좋다
오늘은 네 앞에서
나도 아이이고
또 어른이다.

여행의 끝

어둔 밤길 잘 들어갔는지?

걱정은 내 몫이고
사랑은 네 차지

부디 피곤한 밤
잠이나 잘 자기를…….

마지막 기도

더 이상 그를
사랑하지 않게 해주십시오
사랑하는 마음이 언젠가
미움의 마음으로 변할까 걱정입니다

어떤 경우에도 그를
미워하지 않게 해주십시오
그를 사랑했던 마음
오래 오래 후회될까봐 걱정입니다.

행복 2

어제 거기가 아니고
내일 저기도 아니고
다만 오늘 여기
그리고 당신.

우체통 곁에

뒷모습이 예뻤던 그녀
살그머니 다가가 한 번
안아주고 싶다는 생각만으로
오랜 세월을 견뎠다

그런 뒤로 그녀는
새하얀 백합이 되었고
나는 그녀 곁에 새빨간
우체통이 되었다.

부모 노릇

낳아주고
길러주고
가르쳐주고

그리고도
남는 일은

기다려주고
참아주고
저주기.

여행 3

얘기해드리고 싶어요
나 먼 데 갔다 왔거든요

새로운 것도 많이 보고
잃어버린 나를
찾아오기도 했거든요.

너 때문에

근심은
사람을 나이 들게 하고

슬픔은
사람의 살을 마르게 한다

그런데, 그런데 말이다
그 모든 것들이

바로 너 때문에 그런데
이걸 나는 어쩌면 좋으냐.

사랑 4

너 많이 예쁘거라
오래 오래 웃고 있거라

우선은 너를 위해서
그다음은 나를 위해서
세상을 위해서

너처럼 예쁜 세상
네가 웃고 있는 세상은
얼마나 좋은 세상이겠니!

먼 길

함께 가자
먼 길

너와 함께라면
멀어도 가깝고

아름답지 않아도
아름다운 길

나도 그 길 위에서
나무가 되고

너를 위해 착한
바람이 되고 싶다.

시계 선물

시계를
드리고 싶어요

시계를 보며
오래오래 나를
생각해 달라고

아닙니다
나 없는 세상에서도
오래오래 잘 살아 달라고.

맨발

맨발로 어디를 가시나요?
하나님 만나러 가지요

가시는 길까지 내가
당신 신발 들어 드리겠어요.

추석

다들 어디로 갔나?
길거리도 비었고
오가는 사람도 없고
마음만 쓸쓸해

코스모스꽃 두어 송이
개울가에 피어서
저희끼리만 웃는다.

맑은 하늘

하늘이 너무 맑아
눈물이 나려고 한다

네가 너무 예뻐
눈물이 나려고 한다

아니다

내가 너무 불쌍해서
눈물이 나려고 한다.

아이와 작별

그래 오늘 나도
네가 예뻐서 좋았다
그래 나도
네가 좋아해서 더 좋았다

그런데 말이다
밥 잘 먹고 잠 잘 자고
더 건강 씩씩해야만 된다
알았지? 정말 알았지.

새삼스레

자전거 핸들을 잡은 손이
문득 시리운 아침

큰길까지 가방 들고
배웅 나온 아내

아내 얼굴에 내려앉은
주름살 많은 가을 햇살

세상이 다 환하다
인생까지 환하다.

낡은손

가을볕비쳐보니
손이많이늙었다
오래견딘증거다

가을볕비쳐보니
손이많이거칠다
올해잘산표시다

이대로좋다내손
초라한대로그냥
낡은내손이좋다.

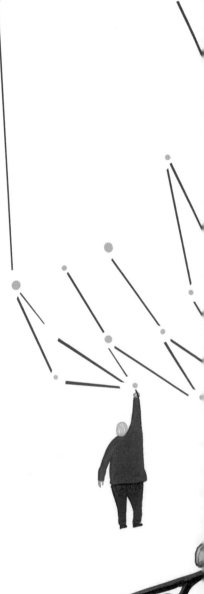

노을 2

방안 가득
노래로 채우고
세상 가득
향기로 채우고
내가 찾아갔을 때는
이미 떠나 버린 사람아
그 이름조차 거두어 간 사람아
서쪽 하늘가에
핏빛으로 뒷모습만
은은히 보여줄 줄이야.

골목길

해가 많이 짧아졌소
문득 떨어지는 나뭇잎 하나가
나를 놀라게 하오
혼자 나는 비둘기 한 마리가
나의 발길을 멈추게 하오
바라보니
빈 하늘.

유월

어머니
보고 싶어요
하얀 웃음
찔레꽃.

우체국행

힘든데 억지로 오려고
애쓰지 마

내가 우체국 나가서
부쳐 줄게

너처럼 조그맣지만
예쁜 것들

그냥 둥글고 어리고
말랑말랑하기만 한 것들.

고백

나 오늘 너를 만남으로
이 세상 가장 아름다운 사람을
만났다 말하리

온종일 나 너를 생각하므로
이 세상 가장 깨끗한 마음을
안았다 말하리

나 오늘 너를 사랑함으로
세상 전부를 사랑하고
세상 전부를 알았다 말하리.

1인 교회

목사 한 사람에
신도 한 사람

목사 자신이
신도이기도 한

방 한 칸짜리
오두막집 교회

사막의 모래밭에 솟아난
붉은 튜립꽃.

눈물 찬讚

하늘에 별이 있고
땅 위에 꽃이 있다면
인간의 영혼에는 눈물이 있지요.

비원

돌아가고 싶다

꿈은 오직 하나

집으로
당신 곁으로.

나에게

보석

가짜 보석

쓰레기

그중에 지금껏 내가 쓴

시들은 무엇일까?

코로나

지구 할아버지
죄송해요
우리가 제멋대로 살아서
몹쓸 병이 생겼어요

무지 무서워요
노인들은 더욱
위험하다 그래요
지구 할아버지도
조심하세요.

나이

아이가 아이를 보면
몇 살이냐고 묻고

할머니도 아이를 만나면
몇 살이냐 묻는다

아이는 제 나이와
같은가 알아보려고 그러고

할머니는 손자 나이와
다른가 알아보려고 그런다.

지구여행

울지 마라, 딸아
슬퍼하지 마라, 아들아
지구여행을 무사히 마치고
떠나감을 오히려 기뻐하라!
우리는 제각기 서로 다른
별나라에서 떠나온 사람들
늬들도 지구여행 잘 마치고
무사히 돌아가기를 바란다.

지구 떠나는 날

할 일을
다하지 못하고 갑니다

만나고 싶은 사람
다 만나지 못하고 갑니다

아닙니다
아닙니다

당신 사랑
다 받지 못하고 갑니다.

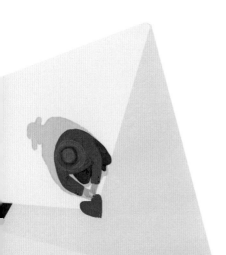

시로 쓴 버킷 리스트

하루하루 삶이 꿈이고

순간순간 숨 쉬는 일이 기적이고

내가 누구를 그리워하고

누군가 나를 생각함이

이미 버킷 리스트 그것인데

어찌 또 버킷 리스트가 있을까요?

하지만 나에게도 남아 있는 버킷 리스트가 있답니다

그것은 인도로 떠나고

뉴질랜드 노을을 보고

이과수폭포에 발을 담가 보는 게 아닙니다

노벨문학상을 준다면 거절하지는 않겠지만

그보다 더 크고도 시급한 버킷 리스트,

남아 있는 오직 하나

나의 꿈이라면

우리나라 사람 아닌 다른 나라 사람

그 가운데서도 젊고 어리고 순한 가슴을 지닌

다른 나라의 젊은 청춘들이

우리글 한글을 배워

내가 쓴 한글 시를

한글 그대로 읽어 주는

것이랍니다

너무 그렇고 그런 꿈이라고요?

너무 허황된 꿈이라고요?

그래서 버킷 리스트 아닌지요!

퇴근

오늘도 열심히 죽어서 잘 살았습니다.

버킷 리스트

초판 1쇄 인쇄 2024년 8월 5일
초판 1쇄 발행 2024년 8월 8일

지은이 나태주
그린이 지연리
펴낸이 정중모
펴낸곳 도서출판 열림원
출판등록 1980년 5월 19일(제406-2000-000204호)
주소 경기도 파주시 회동길 152
전화 031-955-0700
팩스 031-955-0661
홈페이지 www.yolimwon.com
이메일 editor@yolimwon.com

페이스북 /yolimwon
트위터 @yolimwon
인스타그램 @yolimwon

책임편집 김은혜
편집 박지혜 김혜원 정소영
디자인 강희철
마케팅 홍보 김선규 고다희

온라인사업 서명희
제작 윤준수
영업관리 고은정
회계 홍수진

ISBN 979-11-7040-277-0 03810